El don de las Américas

Lada Josefa Kratky

NATIONAL GEOGRAPHIC LEARNING | CENGAGE Learning®

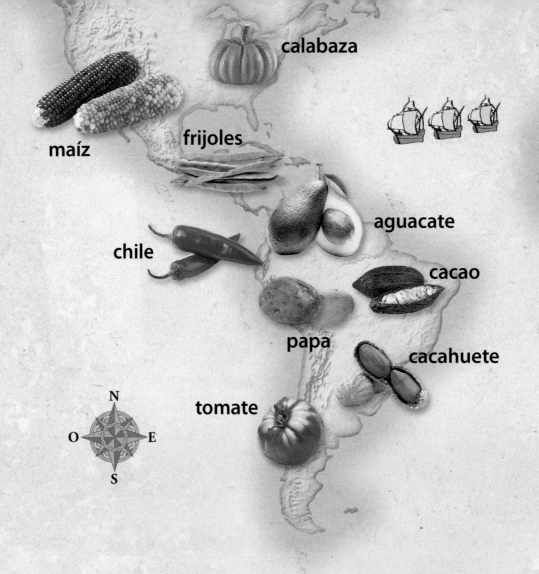

calabaza

maíz

frijoles

chile

aguacate

cacao

papa

cacahuete

tomate

Hace centenares de años, cuando los europeos llegaron por primera vez a las Américas, encontraron que allí crecían ciertas frutas y vegetales que no se conocían en Europa. Estas frutas y vegetales son muy importantes hoy. Vamos a aprender sobre algunos de ellos.

El tomate

Dicen que el tomate se empezó a cultivar tanto en la zona que hoy en día es el Perú como también en México.

Hay tomates de extraños colores y formas. Los hay rojos, anaranjados, morados, verdes, amarillos. Los hay grandes y chiquitos, redondos, ovalados y hasta en forma de pera. El tomate nace de las florecitas que crecen en las ramas. Está cubierto por una cascarita que protege lo que está adentro: la pulpa y las semillas.

pulpa

La calabaza

Dicen que las calabazas se empezaron a cultivar en México, en los estados de Puebla y Oaxaca. Se extendieron después por toda América y hoy se cultivan por todo el mundo. Hay muchos tipos de calabaza, conocidos por diferentes nombres, como ayote, calabacín, calabaza, calabacita, calabacilla, zapallo, zapallito, y además *zucchini*.

La calabaza es una planta rastrera, o sea, en la que el tallo crece y se extiende y arrastra por la tierra. Se comen tanto las flores, como el fruto y las semillas. Las semillas de la calabaza son grandes y planas. Se usan para hacer aceite además de comerse tostadas con sal.

La papa

La papa es nativa de América del Sur, de la zona de los Andes. Como con el tomate y la calabaza, hay muchos tipos diferentes. Hay de todos colores, como blancas, rojas, amarillas, negras y violeta. Hay de todas formas: redondas, ovaladas y hasta las hay en forma de deditos.

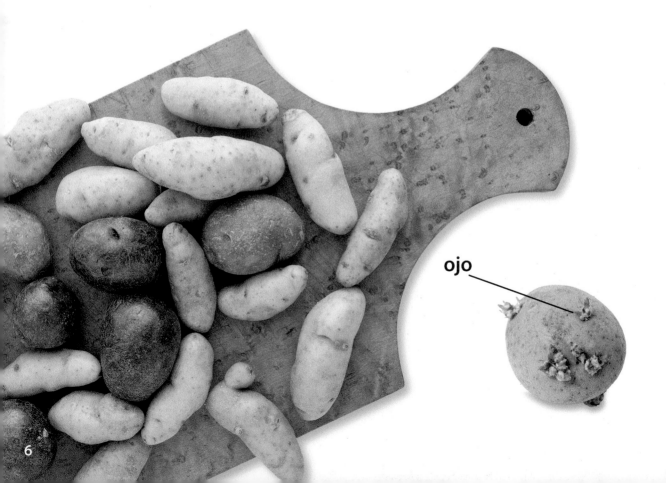

ojo

La papa no crece de semillas como otras plantas. En vez, se siembran papas semilla, que son papitas pequeñitas que tienen por lo menos un ojo. Estas desarrollan raíces y en unas cuantas semanas las papas comienzan a crecer bajo tierra.

El maíz

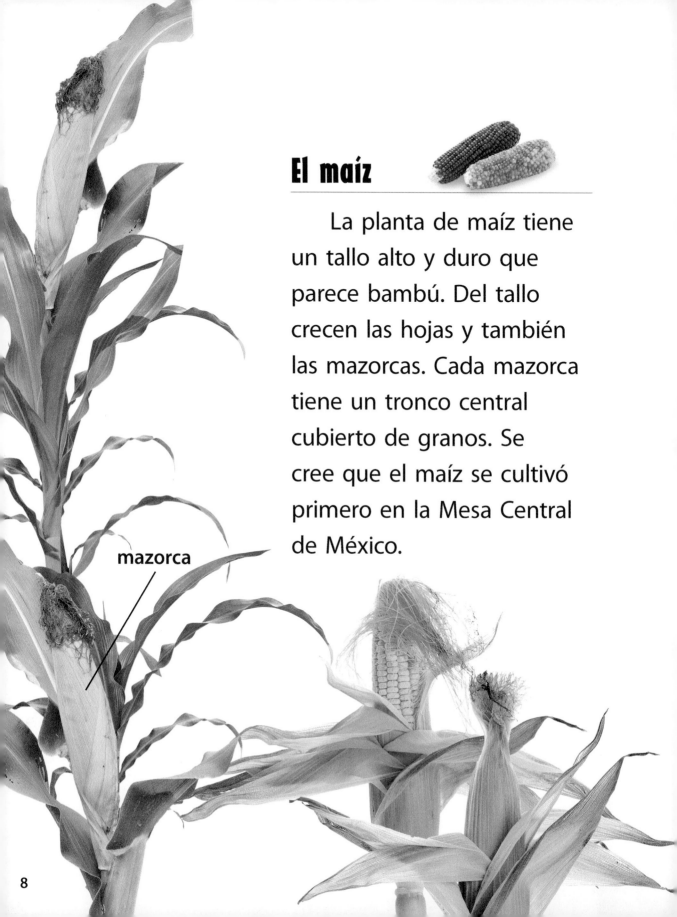

La planta de maíz tiene un tallo alto y duro que parece bambú. Del tallo crecen las hojas y también las mazorcas. Cada mazorca tiene un tronco central cubierto de granos. Se cree que el maíz se cultivó primero en la Mesa Central de México.

mazorca

La milpa es el terreno donde se siembran en muchos pueblos de México los tres cultivos principales de la comunidad: el maíz, la calabaza y el frijol. Al maíz también se le dice choclo o elote.

vaina

El frijol

El frijol empezó a cultivarse en la zona al sur de México y Guatemala. Ahora se cultiva en el mundo entero. En muchas milpas de México, el frijol se siembra entre las plantas de maíz. Ya que la mata de frijol es trepadora, sube por el tallo de la planta de maíz al crecer. Así se hace más fácil cosechar las vainas.

Los frijoles tienen muchos otros nombres diferentes. En Bolivia, Chile, Argentina y el Uruguay se llaman porotos. En gran parte del Caribe les dicen habichuelas. En España les dicen judías.

¡Gracias a estas plantas, y muchas otras de las Américas, el mundo entero goza de extraordinarias y exquisitas comidas!

Glosario

centenar *n.m.* grupo de cien cosas. *Estoy ocupadísima hoy, con un centenar de cosas que hacer.*

cultivar *v.* cuidar de un sembrado para que dé frutos. *Muchos pueblos por toda América cultivaban el maíz antes de la llegada de los europeos.*

extraordinario *adj.* raro o fuera de lo común. *Junto a la playa se elevaban unas colinas de tamaño extraordinario.*

mesa *n.f.* terreno elevado y llano de gran extensión. *En el centro del país hay una gran mesa, con valles a todo su alrededor.*

nativo *adj.* que nace o se da naturalmente por primera vez en un lugar. *La naranja es nativa de Asia.*

ovalado *adj.* de forma parecida a la de un huevo. *No era ni cuadrada ni redonda, sino de forma más bien ovalada.*

pulpa *n.f.* parte blanda y casi siempre jugosa del interior de una fruta. *Esas naranjas tiene una pulpa riquísima y dulce.*

trepadora *adj.* dicho de una planta, que crece agarrándose al tronco de otra. *Las enredaderas son plantas trepadoras.*